애벌레의 복수

SEOUL, 2017

애벌레의 복수

초판 제1쇄 발행일 2017년 1월 10일
초판 제8쇄 발행일 2022년 3월 20일
글 이상권 그림 김유대
발행인 박헌용, 윤호권 발행처 (주)시공사
주소 서울시 성동구 상원1길 22, 6-8층 (우편번호 04779)
대표전화 02-3486-6877 팩스(주문) 02-585-1247
홈페이지 www.sigongsa.com/www.sigongjunior.com

글 ⓒ 이상권, 2017 | 그림 ⓒ 김유대, 2017

ISBN 978-89-527-8352-3 74810
ISBN 978-89-527-5579-7 (세트)

*시공사는 시공간을 넘는 무한한 콘텐츠 세상을 만듭니다.
*시공사는 더 나은 내일을 함께 만들 여러분의 소중한 의견을 기다립니다.
*잘못 만들어진 책은 구입하신 곳에서 바꾸어 드립니다.

KC마크는 이 제품이 공통안전기준에 적합하였음을 의미합니다.
제조국 : 대한민국 사용 연령 : 8세 이상
책장에 손이 베이지 않게, 모서리에 다치지 않게 주의하세요.

애벌레의 복수

이상권 글 · 김유대 그림

시공주니어

내가 어떻게 복수했는지 궁금하지?

나는 애벌레야. 정확하게 말하면 '매미나방애벌레'야. 나중에 나방이 되었을 때 모습이 매미와 비슷해서 붙은 이름이지.

우리 매미나방애벌레들은 똥개 길뚱이처럼 강한 턱이 있는 것도, 딱새처럼 날카로운 부리가 있는 것도 아니야. 그렇다고 사슴벌레처럼 단단한 갑옷을 입고 있지도 않아. 대신 우리 몸은 독이 있는 털로 덮여 있어. 그래서 사람은 물론이고 너구리나 고양이도 우리를 함부로 건드리지 못해. 만약 잘못 건드렸다가는 "맛 좀 봐라!" 하고 독침을 쏴 버리거든. 그럼 너구리들은 "깨개갱!" 하고 달아나고, 사람들은 "으악!" 하고 비명을 지르지.

아, 그렇다고 너무 겁먹을 필요는 없어. 우리는 절대 누군가를 먼저 공격하지 않는다는 사실! 우리 몸의 독침은 누군가를 해치려고 있는 게 아니거든. 살아남기 위해, 그리고 우리를 괴롭히는 상대를 혼내 주기 위해 꼭 필요한 무기일 뿐이야.

그런데 수탉이며 오리며, 시우랑 선구까지 자꾸 나를 괴롭히

지 뭐야. 나는 정말 머리끝까지 화가 났어. 닭이나 오리 같은 새들이 한 번만 쪼아도 우리 애벌레들은 끝장이잖아! 그건 목숨이 달린 일이라고. 나는 애벌레들이 화가 나면 얼마나 무서운지 꼭 보여 주고 싶었어.

그래서 닭과 오리, 시우랑 선구한테 복수한 거야. 어떻게 복수했느냐고? 그건 비밀이야. 이 책을 읽으면 바로 알게 되겠지만. 분명한 건 애벌레들의 복수는 상상을 초월한다는 사실!

자, 이제 우리들의 이야기를 읽으면서 멋진 상상 속으로 빠져들기를 바라. '어, 애벌레는 이런 생각을 하는구나!' 알게 될 거야. 생김새가 다른 것처럼 서로의 생각이 다를 뿐이라는 사실을 알아 주면 좋겠어.

이 세상 모든 동물들과 놀고 싶은
매미나방애벌레가

차례

작가의 말 4

괴물 애벌레다! *9*

내 이름은 **이시우**.
시골 마을로 이사 오니까
잠시도 심심할 틈이 없어.
어, 선구야! 저기! 괴물
애벌레가 나타났어!

시우 친구, **강선구**

길똥아! 애벌레가
나한테 복수하러 왔나 봐.
선구가 괴롭혔지,
내가 그런 거 아닌데.
으으, 무서워!

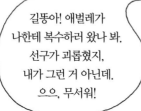

애벌레의 복수 31

내 독침을
받아라!

사람들은 우리를
'밤나방'이라고 부르지만,
'밤나비'라고 불러 주면 좋겠어.
우리가 얼마나 멋지게
춤추는지 볼래?

한밤의 축제 51

괴물 애벌레다!

시우네 수탉은 무지무지 사나웠다. 녀석은 사람을
보면 슬금슬금 뒤로 가서는, 갑자기 달려들어 다리를
쪼고 달아났다. 어찌나 빠른지 피할 새도 없었다.

특히 여자들을 더 얕잡아 보았다. 시우 엄마는 닭장
옆을 지날 때마다 긴 막대기를 들고 다녀야 했다.

동네 아이들도 그 수탉만 보면 벌벌 떨었다. 며칠
전에는 시우네 반 아이들이 놀러 왔다가 그 녀석에게

혼쭐이 났다.

　이쯤 되자 시우네 집 아래 아래 아래 아래
아랫집에 사는 선구가 나섰다. 선구는 수탉의 못된
버릇을 고쳐 놓겠다고 큰소리쳤다.

　"눈싸움에서 지면 안 돼. 그러면 상대를 더
얕보거든."

선구는 벌써 한 시간이 넘도록 녀석과 눈싸움을
하고 있었다.

수탉이 조금씩 조금씩 뒷걸음질을 쳤다. 선구는 그
틈을 놓치지 않고 수탉 쪽으로 다가갔다. 뒷걸음질
치던 수탉은 돌에 걸려 넘어졌고, 결국 안 되겠다고
생각했는지 날개를 파닥거리면서 달아나 버렸다.

수탉이 똥개 길똥이의 집 뒤쪽에 있는 계곡
너머로 달아나자, 선구가 뒤를 쫓으며 외쳤다.
"이 겁쟁이 녀석아! 거기 서라!"

그때, 선구의 눈에 뭔가 다가오는 것이 보였다.
처음에는 작은 들쥐나 도마뱀인 줄 알았다.

"어어, 저게 뭐야!"

선구는 고개를 낮추고 자세히 보았다. 들쥐도
도마뱀도 아니었다. 어른 엄지손가락보다 굵은
애벌레였다. 저렇게 큰 애벌레는 난생처음이었다.

"뭐야, 진짜 애벌레야?"

어느새 선구 옆에 선 시우는 애벌레를 보고 오싹
소름이 돋았다. 수탉에 쪼일 때보다 더 겁이 났다.
하지만 선구는 아무렇지도 않은 척 웃으며 기다란
나뭇가지로 애벌레를 톡톡 건드렸다.

"겁먹을 거 없어! 그래 봤자 애벌레라고!"

그러다 선구는 "어어!" 하며 뒷걸음질 쳤다.

애벌레가 자리에 멈춰 서 선구를 똑바로 노려보고
있었기 때문이다.

"너 이 자식, 감히 나를 건드려?"

애벌레가 으르렁거렸다.

선구는 자기 귀를 의심했다.

"시우야, 방금 들었어? 애벌레가 말을 했어."

"무슨 소리야? 난 아무 말도 못 들었는데."

"내가 잘못 들었나?"

선구는 이상하다는 듯이 고개를 갸웃거렸다.

애벌레는 곧장 선구를 향해 기어 왔다. 선구는 나뭇가지를 휘휘 저으며 밀어내려고 했지만, 애벌레는 이리저리 잘도 피했다.

"선구야! 저 애벌레 뭐냐?"

선구 귀에는 시우의 말이 들리지 않았다. 그만큼 선구는 당황해하고 있었다.

"그런다고 내가 겁먹을 줄 알고? 시우야, 오늘은 내가 저 애벌레를 혼내 주겠다."

선구는 길똥이의 똥을 치우는 삽을 질질 끌고 왔다.

"좋은 생각이다!"

시우가 킥킥 웃었고, 선구는 삽날을 애벌레 앞에 놓았다.

"자, 올라와 봐라!"

애벌레가 삽날 위로 거침없이 올라왔다.

"시우야, 잘 봐라. 이놈의 최후를."

선구는 삽을 들고 마당 한쪽으로 향했다. 닭 일곱 마리와 오리 여덟 마리가 모래 목욕을 하고 있었다.

시우네 집 아래 아래 아랫집에 살던 강씨 아저씨가 키우던 동물들이었다. 강씨 아저씨는 이사 가기 전날 시우 아빠에게 동물들을 부탁했고, 시우네는 가족회의를 열어 만장일치로 새 식구들을 받아들이기로 했다. 그래서 2주 전에 닭과 오리 들은 시우네 집으로 이사 오게 되었다.

아빠는 길똥이 집 앞에 닭장을 지었고, 시우도 아빠를 도왔다. 하지만 닭들은 닭장을 거들떠보지도 않고 길똥이 집 뒤쪽에 우거진 보리수나무 가지에 올라가서 잠을 잤으며, 오리들은 풀밭에서 밤이슬을 맞으며 잤다.

조금 전 달아났던 수탉이 시우네 마당에 돌아와
있었다. 선구는 수탉을 보고 씩 웃었다.

"에헴! 그래, 너희 둘이 한번 붙어 봐라!"

선구는 삽날 위에 있는 애벌레를 수탉 쪽으로
던졌다.

하얀 암탉이 맛있는 먹이가 떨어지는 줄 알고
부리나케 달려와서 부리로 쪼려다가 발라당
나자빠졌다.

"으아악, 무서워라!"

다른 암탉들도 날개를 파닥거리면서 흩어졌다.
그제야 수탉이 헛기침을 하면서 성큼성큼 다가왔다.

"뭔데 난리들이야. 에헴!"

그러나 애벌레를 보자마자 "괴, 괴물이닷!" 하고
암탉들보다 더 요란하게 달아났다.

"뭐야? 사람들한테는 겁 없이 대들더니, 저깟
애벌레한테는 꼼짝도 못 하네!"

시우가 어이없이 수탉을 바라보았다.

선구는 그럴 줄 알았다는 듯이 씩 웃었다.

"거봐, 저 수탉 놈은 괜히 폼만 잡지
겁쟁이라니까. 자, 오리들아, 너희들이 뭔가를 보여
줘라! 저 애벌레를 한입에 꿀꺽 삼켜 버려. 그럼
수탉 놈이 너희들을 무시하지 못할 거야."

선구가 오리를 응원했다. 청둥오리와 비슷하게
생긴 수컷 오리가 뒤뚱뒤뚱하면서 넓적한 부리로
애벌레를 쪼려고 했다.

그러자 애벌레가 몸을 한껏 세우고는 쩌렁쩌렁
소리쳤다.

"저리 꺼져!"

수컷 오리는 멍하니 서 있었다. 오리 앞에서 당당히 소리치는 애벌레는 난생처음 보았기 때문이다.

애벌레는 곧장 수컷 오리를 향해 기어갔다.

"당장 꺼지지 않으면 뼈까지 갉아 먹어 버리겠다!"

"꽤꽤꽥, 괴물 애벌레닷! 오리 살려!"

수컷 오리는 날개를 파닥거리면서 달아났다. 믿었던 수컷 오리가 놀라서 달아나자 암컷 오리들은 꽁지 빠지게 도망가느라 정신이

없었다.

"제, 제발 같이 가! 같이 가자니까!"

암컷 오리들은 고래고래 악을 쓰고
날개를 파닥거렸다.

꼭! 꽉! 꽉!

늘어지게 낮잠을 자던 길뚱이는 잠이 덜 깬
표정으로 시우와 선구를 바라보았다.
"얘들아, 무슨 일인데 그래?"
시우와 선구는 서로의 볼을 꼬집어 흔들었다.
"야, 이거 꿈은 아니지?"

오리들 가운데 절반은 계곡으로 피했고, 나머지는 풀숲에 숨었다.

닭들 가운데 절반은 건너편 산으로 피했고, 나머지는 보리수나무 위에 숨었다.

애벌레는 몸의 가시를 바짝 세운 채 또랑또랑 외쳤다.

"오늘은 이 정도로 해 두지만 다음에 또 까불면 그때는, 깃털까지 다 갉아 먹어 버릴 거야!"

시우가 당황하며 선구의 옆구리를 손으로 쿡 찔렀다. 저 애벌레를 어떻게 해 보라는 뜻이었다.

애벌레는 마당을 가로질러 현관 쪽으로 기어갔다.

"야, 선구야, 제발……."

시우가 발을 굴렀다.

"어디까지 가나 보자."

선구는 삽을 들고 뒷짐을 졌다.

애벌레는 현관 앞에 있는 계단으로 올라갔다.

다행히 현관문은 닫혀 있었다. 애벌레는 좁다란
테라스 주위를 살피더니 왼쪽에 있는 장롱으로

기어갔다. 시우네가 이사 올 때 가져온 자그마한
헌 장롱 안에는 화분 몇 개가 놓여 있었다.

애벌레는 장롱 주위를 몇 번이나 맴돌고, 장롱
아래도 기웃거리더니, 선인장 화분 위로도 올라가
보고 치자나무 화분 위로도 올라갔다.

시우는 너무 무서워서 애벌레와 눈도 마주치지
못했다.

"선구야, 선구야, 제발……."

사실 선구도 무서웠다. 하지만 시우 앞에서
겁먹은 표정을 지을 수는 없었다.

선구는 달아났던 오리와 닭 들이 다시 모여드는
모습을 보았다. 특히 수탉이 보이자, 선구는 괜히
부아가 났다.

"시우야, 수탉 놈도 다시 왔네. 그동안 저런
겁쟁이한테 우리가 당한 거야. 야, 애벌레야, 저 수탉
놈을 다시 한 번 혼내 줘라!"

선구는 치자나무 화분 아래에 삽날을 대고
빗자루로 애벌레를 쓸어서 떨어뜨린 다음, 삽을
들고 닭들이 있는 곳으로 갔다.

선구가 크게 소리쳤다.

"야, 이 겁쟁이 놈아! 네가 이 애벌레를 혼내
주면, 너를 용감한 닭으로 인정해 주겠다. 자,
겁먹지 말고 붙어 봐라!"

선구는 삽에 있는 애벌레를 힘껏 던졌다.
이번에도 닭과 오리 들이 뛰어왔다.

"이것들이 진짜 열 받게 하네!"

그러나 애벌레가 이렇게 소리치자마자 요란하게
비명을 지르며 달아나 버렸다.

"저렇게 무서운 애벌레는 처음 봐!"

"아이고, 무서워서 숨넘어가겠네!"

아직 자존심이 남은 수탉만이 목털을 세운 채
버티고 서 있었다.

"그래 봤자 애벌레야. 애벌레가 닭을 이길 수는 없어. 이, 이, 괴물아……. 조, 조, 좋은 말로 할 때 꺼져라. 아, 안 그 그러면 네놈을 쪼, 쪼아서……."

하지만 수탉은 갑자기 말더듬이가 된 것처럼 더듬더듬 말했다. 잔뜩 겁먹은 눈치였다.

애벌레는 몸을 똑바로 세워 오른쪽 왼쪽으로 흔들어 댔다.

"네 이놈! 내가 몸을 세 번 흔들 때까지 꺼지지 않으면 네 벼슬까지 갉아 먹어 버리겠다!"

"으아악, 제발 꿈이었으면 좋겠다!"

애벌레가 몸을 한 번 흔들자마자 수탉은 발이 보이지 않을 정도로 재빨리 달아나 버렸다.

선구는 심각한 표정을 지으며 고개를 저었다.

"저건 보통 애벌레가 아니야. 나 갈래. 문 잘 잠가라. 저놈이 복수하러 올지도 몰라."

선구는 뒤도 돌아보지 않고 서둘러 가 버렸다.

시우는 애벌레가 어디로 갔는지, 살금살금
다가가서 살펴보았다.

"으으, 무서워. 저놈이 우리 집 테라스로 다시 갔어.
거기서 나를 기다리나 봐. 으으, 길똥아, 무서워.
선구가 괴롭혔지 내가 그런 거 아닌데. 저놈이
복수하면 어떡하지? 길똥아, 길똥아……."

시우는 길똥이를 끌어안고 벌벌 떨었다.

애벌레의 복수

시우는 길뚱이 옆에서 한 발짝도 움직일 수 없었다.
어딘가로 꼭꼭 숨어 버린 수탉이 미웠다. 만약
수탉이 용감하게 애벌레를 물리쳤더라면, 그동안
사람들을 쪼아 댄 일을 모두 용서해 주고 친구들에게
자랑스레 떠벌렸을지도 모른다.

"우리 수탉이야말로 세상에서 가장 용감해!"

시우는 길뚱이의 눈을 쳐다보았다. 길뚱이를 처음

데려올 때 분명 용감한 풍산개라고 했으니, 저런 애벌레쯤은 쉽게 물리칠 거라는 생각이 들었다. 마음이 든든해져서인지 시우는 길똥이 옆에서 꾸벅꾸벅 졸기 시작했다. 그러다 자동차 소리에 놀라 눈을 떴다. 엄마 아빠가 탄 자동차가 대문 앞에 서 있었다.

엄마가 마당으로 들어서자 풀밭 여기저기에서 닭과 오리 들이 요란한 소리를 내며 뛰쳐나왔다. 텃밭에 숨었던 수탉도 종종걸음으로 뛰어나왔다.

"어머머, 수탉이다! 여보, 여보, 여보오!"

화들짝 놀란 엄마가 급하게 소리쳤으나 수탉은 엄마를 쪼지 않고 그냥 지나쳤다.

"아니, 저놈이 왜 저러지?"

아빠도 멍하니 수탉을 보다가 달려오는 시우와 마주쳤다. 시우는 누군가에게 쫓기듯 정신없이 달려와서는 엄마 품에 안겼다.

"엄마 아빠, 왜 이렇게 늦게 왔어요? 전화도 안 받고, 힝."

"아들, 왜 그래? 뱀이라도 나왔니?"

엄마가 등을 토닥거리면서 물었다.

"엄마, 큰일 났어요. 저기 우리 집 테라스에 이만 한 애벌레가⋯⋯."

시우는 잔뜩 겁에 질린 눈으로 애벌레 이야기를 풀어 놓았다. 엄마는 재밌다는 표정을 지었고, 아빠는 말도 안 되는 소리라고 했다. 시우는 발까지 구르면서 진짜라고 외쳤다.

아빠는 성큼성큼 현관 계단으로 올라가서 헌 장롱에 있는 화분을 보더니, 커다래진 눈으로 엄마를 쳐다보았다.

"헉, 정말 애벌레가 있잖아!"

엄마 눈도 커다래졌다.

"거봐요. 이제 제 말을 믿겠죠?"

하지만 아빠는 고개를 살래살래 흔들었다.

"그래 봤자 애벌레다. 자, 잘 봐라, 애벌레는
닭이나 오리가 가장 좋아하는 먹이거든."

아빠는 선구가 그랬던 것처럼 삽에다 애벌레를
얹어서 닭과 오리 들 앞에 휙 던졌다.

　이번에도 닭과 오리 들이 우르르 뛰어왔지만
애벌레를 보는 순간, 저마다 엉덩이를 뒤로 빼면서
풀숲으로 숨어 버렸다.

　"으악, 또 저놈이닷!"

　"저놈만 보면 숨이 멎는 것 같아!"

　그러고는 숨바꼭질하듯이 머리만 빼꼼 내밀어
애벌레가 오나 안 오나를 살폈다.

　"세상에나! 믿을 수가 없어."

　엄마 아빠가 멍하니 서 있는 사이 애벌레는 마당을
지나 다시 현관으로 기어 왔다.

　"정확하게 그 자리로 돌아오네. 이야, 놀랍다.

전원주택으로 이사 와서 계속 신기한 일이
벌어졌지만, 이건 정말 놀랍다. 시우야, 더는
건드리지 마라. 저놈 보통이 아니다."

아빠의 말에 시우는 머리털이 쭈뼛 서는 것 같았다.

그날 밤, 시우는 불안해서 잠들 수가 없었다.

'만약 애벌레가 방으로 들어오면 어떡하지?
으으으, 생각만 해도 소름 끼쳐.'

시우는 이런 생각을 하다가 눈앞에 나타난
애벌레를 보고 깜짝 놀랐다.
어찌나 놀랐던지 오줌을 찔끔
싸고야 말았다. 애벌레는
아빠보다 훨씬 덩치가
커져 있었다. 시우는
달아나지도, 비명을
지르지도 못했다.

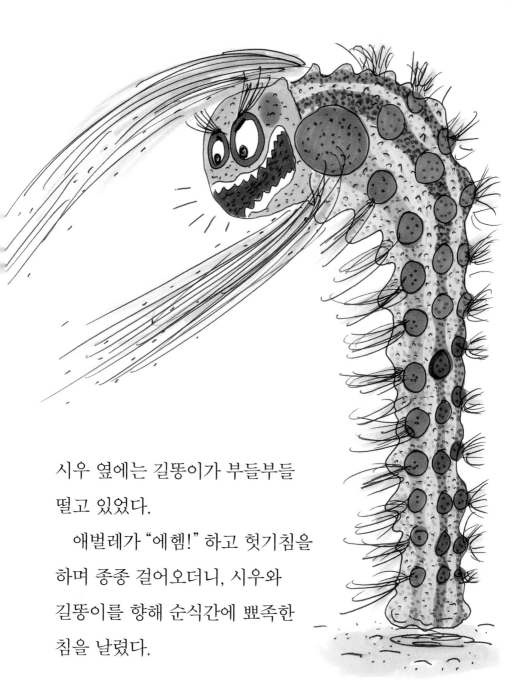

시우 옆에는 길뚱이가 부들부들
떨고 있었다.
　애벌레가 "에헴!" 하고 헛기침을
하며 종종 걸어오더니, 시우와
길뚱이를 향해 순식간에 뾰족한
침을 날렸다.

"독침 발사!"

"앗, 따가워!"

시우는 벌에 쏘였을 때처럼 폴딱폴딱 뛰었다.
독침은 왼쪽 볼에 박혔다. 뽑으려고 해도 뽑히지
않았다. 길뚱이는 콧등에 독침을 맞았다.

애벌레가 킬킬 웃으며 소리쳤다.

"너희 둘 다 이쪽으로 뛰어와. 어서!"

시우와 길똥이는 혓바닥을 내밀고 달려갔다.
애벌레가 "앉아!" 하면 앉았고, "물구나무서!" 하면
물구나무섰다. 이상하게도 애벌레의 말을 거부할 수
없었다. 시우도 길똥이처럼 개가 되어 있었다.

애벌레는 길똥이처럼 똥을 좋아했다. 애벌레는
시우와 길똥이에게 명령했다.

"저 개똥으로 맛있는 빵을 만든다. 실시!"

둘은 쇠똥구리처럼 똥을 매만져서 동그란 빵을
빚었다. 신기하게도 개똥으로 만든 빵에서는 구수한
냄새가 풍겼다. 애벌레는 시우와 길똥이에게는 빵을
하나도 주지 않고 혼자서 냠냠 먹어 치웠다.

시우는 더럽다고 생각하면서도, 침을 질질 흘리다가
잠에서 깨어났다.

시우는 선구에게 문자 메시지로 꿈 이야기를
보냈다. 빛의 속도로 답장이 날아왔다.

-헉, 나도 똑같은 꿈을 꿨어.

-진짜? 진짜로? 뻥치는 거 아니지?

-근데 기분 나빠. 내가 개가 되다니. 시우야, 이따가
밥 먹고 갈게. 나한테 비장의 무기가 있단 말씀! 제아무리
무서워도 애벌레는 애벌레야.

-야, 그만둬. 우리 아빠가 보통 애벌레가 아니랬어. 괜히
또 건드렸다가 애벌레가 복수하러 오면 어떡해. 너야

도망치면 되지만 나는 도망칠 데도 없잖아!

　-어제는 미안했어. 나도 모르게 도망쳤는데, 집에 와서 생각하니까 엄청 창피했어. 두고 봐. 오늘이 애벌레 놈의 최후가 될 거야.

　애벌레는 치자나무 꼭대기에 몸을 반쯤 구부리고 있었다. 시우는 얼른 길똥이 쪽으로 달려갔다. 곧 선구가 뒷짐을 지고 어기적어기적 걸어왔다.

　"시우야, 이제 걱정하지 마. 내 비장의 무기, 용감한 소쩍새를 데려왔지롱."

　선구가 새장을 높이 들어 소쩍새를 보여 주었다. 소쩍새는 왼쪽 날개가 부러져서 날지 못했지만, 눈빛만큼은 매서웠다.

　그 소쩍새는 열흘 전 선구네 집 2층 유리창에 부딪혀서 크게 다쳤다. 선구 아빠가 부랴부랴 동물 병원에 데려간 덕분에 살 수 있었다. 소쩍새는 선구가

잡아다 주는 개구리와 애벌레를 잘도 받아먹었다.

"넌 이제 끝장이다. 아무리 무서운 애벌레라도
소쩍새를 당해 낼 수는 없지."

길뚱이가 으르렁대며 말했고, 수탉을 비롯해 닭과
오리 들도 그렇게 생각했다.

"저놈도 이제 끝장이구나!"

말은 그렇게 했지만, 시우는 여전히 걱정되었다.
선구가 그런 시우를 보며 씩 웃었다.

"야, 이 소쩍새는 뱀도 잡아먹는다고. 자, 가자.
당장 저놈을 무찌르자."

선구와 시우는 치자나무 화분 쪽으로 갔다. 선구는
새장에서 소쩍새를 꺼내 현관 앞에 내려놓고는
빗자루로 애벌레를 쓸어 내렸다. 그런 다음 애벌레를
삽에 얹어서 소쩍새 앞으로 던졌다.

"소쩍새야, 네 능력을 보여 줘라!"

소쩍새는 기다렸다는 듯이 날카로운 부리로

애벌레를 쪼려고 했다. 하지만 빗나가고 말았다.
애벌레가 몸을 말아서 옆으로 피했기 때문이다.
소쩍새가 고개를 갸우뚱하면서 다시 쪼았으나
이번에도 허탕이었다.

그렇게 두 번, 세 번, 네 번, 계속 피하던 애벌레가
갑자기 소쩍새 앞으로 빠르게 달려들었다.

"우이윗, 소쩍새 살려!"

소쩍새가 날개를 파닥거리면서 피하려고 했으나 다친 날개는 제대로 펴지지 않았다. 소쩍새는 몸의 중심을 잃고 옆으로 쓰러지고 말았다.

애벌레는 소쩍새 코앞까지 기어가서 몸을 바짝 세웠다.

"너 이 자식, 지금 당장 꺼지지 않으면 네 눈까지 다 갉아 먹어버리겠다!"

잔뜩 겁먹은 소쩍새는 살려 달라며 빌었다.

"살려 줘, 제발 살려 줘. 숲에서 식구들이 나를 기다리고 있어. 몸이 낫는 대로 돌아가야 해!"

그러자 애벌레가 몸을 휙 돌리더니 시우와 선구를 노려보았다.

"이것들, 진짜 혼 좀 나야겠어!"

애벌레는 독침을 빳빳하게 세웠다. 겁에 질린 시우는 길뚱이 쪽으로 달아났고, 선구는 소쩍새를 잽싸게 새장에 넣고 마당으로 달아났다.

애벌레가 선구를 쫓아갔다. 기어가는 게 아니라
땅을 스치며 나는 것 같았다. 당황한 선구는 얼른
대문 뒤로 숨었다. 애벌레는 망설이지 않고 곧장
선구를 따라갔다. 선구가 길똥이 쪽으로 가자
이번에도 애벌레는 선구를 뒤쫓아 갔다.

"저놈이 나만 따라오네. 안 되겠다. 일단 피하자."

선구는 날 듯이 기어 오는 애벌레를 피해,
길똥이에게 쫓기는 고양이처럼 정신없이 달아났다.

시우는 그 틈을 타 재빨리 2층 화장실에 숨어서
선구에게 문자 메시지를 날렸다.

-이게 뭐야? 다 너 때문이야. 책임져!

-미안해. 소쩍새까지 꼼짝 못 할 줄은 몰랐어. 문 잘 잠그고 있어. 그놈이 집 안으로 쳐들어갈지도 모르니깐!

-씨이, 무서워 죽겠는데 그딴 소리나 하고 있어!

시우는 배가 고파도 아래층에 있는 부엌으로 갈 수 없었다.

점심때쯤, 외출했다가 돌아온 엄마 목소리가 들렸다.

"시우야, 애벌레가 없네. 혹시 네가 어떻게 했니?"

시우는 믿을 수 없다는 표정을 지으며 그제야 아래층으로 내려갔다. 정말 애벌레가 보이지 않았다.

"선구야, 그놈이 사라졌어. 어디에 숨은 걸까?
땅으로 들어갔을까? 지붕 위로 올라간 건 아닐까?
틀림없이 어딘가에 숨어 있을 거야."

시우는 선구에게 전화를 걸어 한참을 주절거렸다.
선구도 그놈이 어딘가 숨어 있을 테니 조심하라고
말했다.

그날 밤, 애벌레들이 시우가 자는 2층 방
창문으로 날아왔다. 녀석들은 가느다란 실을
타고 있었다. 그중 대장으로 보이는 녀석이
길똥이처럼 긴 혓바닥을 내밀며 외쳤다.

"시우 놈이 저기 숨어 있다!"

그러자 잘 훈련받은 특공대처럼
애벌레들이 방충망에 착착 달라붙었다.
동시에 애벌레들은 개미만 하게
작아졌다.

시우는 이불을 뒤집어쓰면서 애원했다.

"나, 난 너희들을 괴롭히지 말라고 했어.
길뚱이한테 물어봐. 진짜야. 난 너희들을 괴롭힐
마음이 눈곱만큼도 없었다고!"

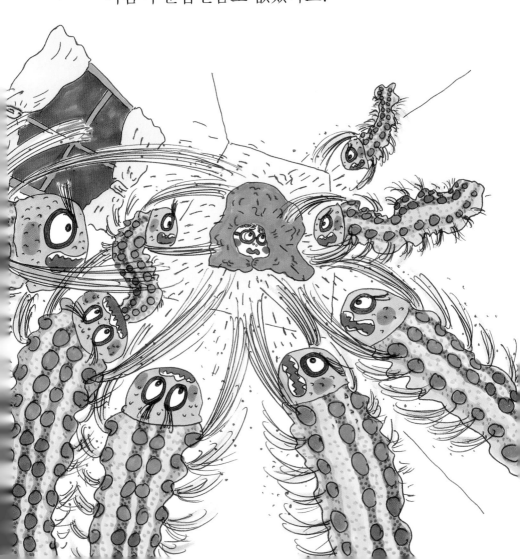

애벌레들은 그 말을 믿지 않았다.

"거짓말이다. 저 녀석의 그림자까지 다 갉아 먹어 버려라! 저 녀석의 생각까지 다 갉아 먹어 버려라!"

깨알만 한 애벌레들은 "워우우우!" 소리를 지르면서 방충망을 뚫고 들어왔다.

방으로 들어온 애벌레들은 길뚱이만큼이나 몸이 커졌고, 마구 독침을 쏘아 댔다. 독침은 아프지는 않았지만 맞으면 맞을수록 진한 똥 냄새가 풍겼고, 발바닥이 간질간질해서 가만있을 수가 없었다. 박쥐처럼 거꾸로 매달려야만 간지럽지 않았다. 시우는 천장에 거꾸로 매달린 채 잘못했다는 말을 천 번도 넘게 되풀이하다가 깨어났다. 꿈이었다.

"휴우!"

시우는 얼굴에 흐르는 땀을 닦았다.

한밤의 축제

시우와 선구는 학교 인터넷 게시판에 애벌레 이야기를 올렸다. 그러자 댓글이 줄줄줄줄 꼬리 붙었다.

"뻥치지 마!"

"에이, 말도 안 돼."

직접 찍은 애벌레 사진을 올려도 아무도 믿지 않았다.

"애벌레가 어떻게 닭이랑 소쩍새까지 혼내 주냐!"

"똥개 길똥이가 다 비웃겠다!"

"개똥 먹고 사는 똥파리들이 배꼽 잡고 웃을
일이다!"

이런 댓글이 열 개도 넘었다.

시우와 선구가 아무리 사실이라고 말해도
소용없었다.

"재들은 둘이 붙어 다니더니 뻥만 늘었어!"

"야, 어떻게 둘이 똑같은 꿈을 꾸냐?"

이런 댓글이 끝없이 새끼를 쳤다.

담임 선생님도 믿지 못하고 웃기만 했다.

"시우랑 선구가 많은 동물들과 살다 보니 상상력이
풍부해졌구나! 호호호!"

이렇다 보니 시우와 선구는 더는 할 말이 없었다.
그때부터 둘은 애벌레 이야기를 꺼내지 않았다.

　애벌레는 낮에는 움직이지 않고, 밤만 되면
여기저기 돌아다녔다. 지붕 꼭대기에서 달을 보며
알 수 없는 말을 중얼거리기도 했다. 길똥이는 그런
모습을 볼 때마다 고개를 갸우뚱갸우뚱했다.
　"저 녀석 혹시 우주 어느 별에서 왔나?
지붕 꼭대기에서 자기 별 친구들이랑
연락하고 있나?"
　애벌레는 장롱 밑으로 들어갔다가
나오기도 했고,

뒤란 장독대 주변을 어슬렁거리기도 했다.

"뭘 찾는 걸까?"

"왜 헌 장롱 위에서만 잘까?"

닭과 오리 들도 고개를 갸우뚱갸우뚱했다.

어쨌든 시우네 집 근처에 사는 그 누구도 감히 그 애벌레를 건드리지 못했다. 어느 날은 우연히 놀러 온 참새가 부리로 잘못 건드렸다가 애벌레의 호통에 깜짝 놀라 기절할 뻔했다.

"너 이놈, 죽어 볼래? 짹짹거리는 네놈 목소리까지 갉아 먹어 버리겠다!"

그 뒤로는 널리 소문이 퍼졌는지 어떤 새도 치자나무 화분 근처에는 얼씬하지 않았다.

길뚱이도 그 애벌레와는 마주치고 싶지 않았다. 그냥 보기만 해도 기분이 나쁘고, 그냥 보기만 해도 독침에 맞은 것처럼 온몸이 가렵고 따끔따끔 아픈 것 같았다.

돼지 뼈다귀만 눈에 띄지 않았어도 아무 일 없었을 것이다. 길똥이는 시우 아빠를 따라 치자나무 화분 근처에 갔다가 헌 장롱 밑으로 삐져나온 돼지 뼈다귀를 보고는 침을 질질 흘렸다.

"우아, 똥보다 맛있는 돼지 뼈다귀닷!"

그 뼈다귀는 시우가 길똥이를 골려 먹을 때 쓰려고 숨겨 둔 것이었다.

샛별이 떠오르고 길똥이는 살금살금 테라스로 올라가다가 하마터면 비명을 지를 뻔했다. 헌 장롱 앞에, 바로 그 돼지 뼈다귀 앞에, 녀석이 떡 버티고 있었기 때문이다.

길똥이는 헤헤 웃었다.

"아아, 오해하지 말라고. 난 너한테 관심 없어. 잠깐만 비켜 주면 돼. 네 뒤에 있는 그 뼈다귀만……."

말이 끝나기도 전에 애벌레가 사납게 소리쳤다.

"꺼져! 까불면 네 혓바닥까지 갉아 먹어 버리겠다!"

"아니, 이봐! 말이 지나치군. 나는 저 산의
터줏대감인 멧돼지 녀석도 혼내 줬어. 그러니까
함부로 말하지 말라고. 혓바닥까지 갉아 먹겠다니!"

"꺼져!"

애벌레가 몸의 가시를 바짝 세웠고, 길똥이도
목털을 빳빳하게 세웠다. 웬만하면 애벌레를
상대하지 않으려고 했지만 녀석의 건방진 태도가

마음에 들지 않았다.

"버르장머리가 없군. 네놈을 개똥에 둘둘 말아서
달나라까지 날려 버릴 테다!"

길똥이가 몸을 웅크리면서 공격할 준비를 하자,
애벌레는 기다렸다는 듯이 곧장 앞으로 기어 왔다.

"어디 달나라까지 날려 볼 테면 날려 봐라!"

길똥이는 잘 걸렸다 싶어 앞발로 애벌레를
내리눌렀다. 길똥이는 애벌레가 납작해졌을 거라고

생각하다가, 무엇인가 발바닥을 뚫고 들어오는 것
같은 아픔을 느꼈다.

"아차, 독침에 당했구나!"

길똥이는 정신이 멍해졌다. 동시에 뭔가를 갉아
먹는 듯한, 뭔가를 씹어 먹는 듯한 소리가 어렴풋이
들려왔다.

"사각사각, 서걱서걱, 아작아작,
아삭아삭⋯⋯."

길똥이가 눈을 돌려 보니 꼬리와
다리가 사라지고 있었다. 길똥이는
땅속에 잠든 지렁이들과 근처에서
잠자는 나무와 동물 들, 그리고
하늘에 떠 있는 별까지 놀랄 만큼
크게 비명을 질러 댔다.

"으아아악! 길똥이 살려! 애벌레가
길똥이 잡는다아아!"

닭과 오리 들은 애벌레라는 말을 듣고는 너무나
놀라서 푸드덕 파드닥 날개를 치며 사방으로
달아났다.

길뚱이의 비명 소리에 놀란 시우 아빠가 현관문을 열고 나왔다. 시우도 눈을 비비면서 엉거주춤 따라 나왔다.

"뭐야, 멧돼지라도 내려왔나?"

아빠는 길뚱이 집으로 다가가 개집 안을 살폈다.

"길뚱아, 왜 그러니?"

길뚱이는 계속 폴딱폴딱 뛰면서 애벌레가 자기 몸을 갉아 먹고 있다고 소리쳤다. 아빠는 그 말을 알아듣지 못했지만, 시우는 왠지 알 것 같았다.

"아빠, 길뚱이도 애벌레가 무섭대요. 애벌레가 자기를 갉아 먹어 버리겠다고 했대요. 무서워요. 빨리 들어가요!"

아빠는 머리를 긁적였다.

"허허허, 이거야, 원. 믿을 수도 없고 안 믿을 수도 없고……."

그로부터 며칠 뒤 갑자기 애벌레가 보이지
않았다. 처음에 시우는 믿기지 않았지만, 그다음
날도, 그다음 다음 날도, 그다음 다음다음 날도
애벌레가 보이지 않자 진짜 사라졌다는 걸 알았다.

막상 애벌레가 사라지자 시우는 가슴이
허전했다. 참 이상한 일이었다. 꼭 뭔가를 잃어버린
듯한 기분이었다. 시우는 이런 기분이 들 줄은
꿈에도 몰랐다.

애벌레 때문에 주눅이 들어 있던 닭과 오리 들은
좋아서 떠들어 댔다.

"그 깡패 녀석이 사라지다니, 이제야 맘 놓고
살 수 있겠구나!"

하지만 수탉의 마음은 편하지 않았다. 길똥이도
마찬가지였다. 오히려 애벌레가 치자나무 화분에
있을 때보다 더 불안했다. 어디에선가 불쑥 그
애벌레가 나타날 것만 같았고, 땅에서 꾸물꾸물

기어 다니는 벌레만 봐도 "어이쿠, 깜짝이야!" 하며
놀란 가슴을 쓸어내리곤 했다.

날마다 새로운 소문이 동물들의 귀를 타고
돌아다녔다.

"그놈이 마법을 부려서 땅속으로 사라졌대. 그저께
밤에 고양이가 봤대."

"아까 까마귀가 그러는데, 그놈이 달빛을 타고
달나라에 가서 옥토끼랑
놀고 있대."

그런 말을 들을 때마다
길똥이는 달을
쳐다보았다.

"틀림없이
그놈은 달에서
왔을 거야.

그래그래."

달을 보면 길똥이의 눈에는 옥토끼 옆에 그
애벌레가 있는 것만 같았고, 할 수 있다면 잘
지내느냐고 인사말이라도 건네고 싶었다.

"좀 사납기는 해도, 가만 생각해 보면 그놈이 누굴
먼저 건드리지는 않았잖아? 짜식, 갈 때 인사라도 할
것이지. 충분히 화해할 마음은 있었는데. 아무튼 내가
살면서 만난 동물들 중에 가장 특별한 놈이었어."

어쨌든 길똥이는
어제 아침에 시우가
재잘거린 말은 믿지
않기로 했다.

"길똥아,
길똥아, 내가
엄청난 비밀을
알아냈는데…….

헌 장롱 밑에서 돼지 뼈다귀를 끄집어내다가
우연히 발견했는데, 장롱 밑에 애벌레가 숨어
있더라. 정말이야. 애벌레가 아니라 번데기였지만.
번데기가 그 애벌레인지 아닌지 어떻게 아느냐고?
번데기 옆에 꼭 내가 벗어서 내팽개친 옷처럼
애벌레 허물이 남아 있었거든. 무시무시한
껍질이었어. 이제야 그 애벌레가 치자나무에 붙어
있던 이유를 알 것 같아. 번데기가 되어서 쉴 수
있는 곳을 찾았던 거야. 장롱 밑에 숨으면
안전하잖아?"

사흘간이나 쉬지 않고 퍼붓던 비가 그친
밤이었다. 여기저기서 숨죽이고 있던 달맞이꽃들이
피어나자 달이 동그란 얼굴을 내밀었다.

길똥이는 마당에서 달을 올려다보고 있었다.

"다시 지구에 오거든, 꼭 좀 아는 체해라."

길똥이는 달만 보면 이렇게 중얼거리는 버릇이
생겼다.

한참 달을 올려다보던 길똥이 옆으로 뭔가 스쳐
갔다. 밤나비였다. 사람들은 '밤나방'이라고
부르지만 개들은 '밤나비'라고 불렀다. 처음에는
한 놈인 줄 알았는데, 함박눈이 내리는 것처럼
수많은 밤나비들이 마당으로 날아오고 있었다.

"헉, 이게 무슨 일이지?"

밤나비들은 근사하게 춤을 추었다. 길똥이가
아는 춤이라고는 개들이 가장 잘 추는
'개다리춤'뿐이었다. 어떤 놈들은 할미새처럼

위아래로 파도 타듯이 춤을
추었고, 어떤 놈들은 수탉이
목털을 세우고 사람들에게
달려들 때처럼 춤을 추었고,
어떤 놈들은 오리가
짝짓기를 하고 흥겹게
마당을 돌 때처럼 춤을
추었고, 어떤 놈들은

토끼들이 달리다가
공중으로 펄쩍
뛰어오르듯이 춤을 추었고,
어떤 놈들은 까마귀가
점잖게 하늘을 날 듯이 춤을
추었고, 어떤 놈들은 선구와
시우가 말처럼 날뛰듯이
춤을 추었다.
　"아니, 이게 대체…….
한밤의 축제가 따로 없군."

길똥이는 저도 모르게 몸을 흔들어 댔다.

닭과 오리 들도 테라스 아래로 모여들었다. 먼저 길똥이 집 뒤쪽에 있는 보리수나무에서 잠자던 닭들이 내려오자, 근처 풀밭에서 잠자던 오리들도 뒤뚱뒤뚱 걸어 나왔다.

"오호, 애벌레가 밤나비가 되었네. 하얀색인 걸 보니 암컷이구나!"

길똥이의 말에 닭과 오리 들은 깜짝 놀랐다.

수컷 오리가 목을 길게 빼고 굵은 목소리로 말했다.

"말도 안 돼. 그 흉악한 깡패 애벌레 놈이 저렇게 멋진 밤나비가 되다니! 저 밤나비는 분명 달에서 온 손님일 거야. 누군가를 태워 달에 데려가려고 왔을걸. 깡패 애벌레도 저 밤나비를 타고 달나라에 갔을 거야. 틀림없다고!"

다른 오리들과 닭들의 의견도 엇갈렸다.

"무슨 소리. 난 길똥이 말이 맞다고 봐. 어떻게
달나라에서 여기까지 오니? 애벌레가 밤나비가 되는
건 당연한 거야!"

"난 오리 말이 맞다고 생각해. 그 애벌레는 평범한
녀석이 아니었어."

"길똥이 말이 맞아."

"아니야!"

"맞아!"

닭과 오리 들은 서로의 말이 맞다고 중얼중얼
옥신각신 티격태격했다.

그때 잘생긴 밤나비 한 마리가 치자나무 뒤에
붙어 있는 흰 밤나비를 끌어안자 닭과 오리 들은
환호성을 질렀다.

"오! 부럽다!"

"멋있다!"

"아름답다!"

소란스러운 소리에 잠에서 깬 시우가 현관으로
나왔고, 밤하늘에 반짝이는 밤나방들을 보고는
눈이 커다래졌다.

　"헉, 이게 뭐야? 길똥아, 애벌레가 나방으로
변해서 다른 밤나방들을 데리고 왔어. 애벌레일 때
내가 괴롭혔다고 친구들이랑 복수하러 왔나 봐!
아니면 또 꿈일까?"

　시우가 외쳤다.

　"시우야, 겁먹을 것 없어. 마당에서 춤추는 갈색
밤나비는 수컷이고, 하얀 밤나비는 암컷이야.
암컷한테 잘 보이려고 춤추는 거야."

　하지만 겁에 질린 시우는 허겁지겁 방으로
들어가려다 문턱에 걸려 넘어지고 말았다.

　"아야, 아파! 꿈이 아니잖아! 엄마아아,
무서워요! 애벌레가 절 갉아 먹으려고 돌아왔어요.
저한테 복수하러 왔나 봐요! 아아아앙!"

시우 모습을 본 길뚱이와
닭들과 오리들은 낄낄
웃었다.